W9-CII-884

Clifford
EL PERRO BOMBERO

Cuento e ilustraciones de NORMAN BRIDWELL

Traducido por Teresa Mlawer

SCHOLASTIC INC.

New York Toronto London Auckland Sydney

Para Maxwell Bruno Wayne

No part of this publication may be reproduced in whole or in part, or stored in a
retrieval system, or transmitted in any form or by any means, electronic,
mechanical, photocopying, recording, or otherwise, without written permission of
the publisher. For information regarding permission, write to Scholastic Inc.,
555 Broadway, New York, NY 10012.

ISBN 0-590-48808-2

Copyright © 1994 by Norman Bridwell.
Spanish translation copyright © 1994 by Scholastic Inc.
All rights reserved. Published by Scholastic Inc.
MARIPOSA is a trademark of Scholastic Inc. CLIFFORD AND CLIFFORD THE
BIG RED DOG are registered trademarks of Norman Bridwell.

12 11 10   9/9

Printed in the U.S.A.   24

First Scholastic printing, September 1994
Colorist: Manny Campana

Me llamo Emilia Isabel,
y éste es Clifford, mi perro.
Clifford no es el mayor de
la familia, pero es el más grande.

La semana pasada, Clifford y yo
fuimos a la ciudad a visitar a Nero,
su hermano. Clifford conocía el camino.

Nero vive en una estación de bomberos.

Es un perro de rescate.

Les pregunté a los bomberos si Clifford podía ayudarles.
Todos pensaron que su color era perfecto para el trabajo.

En ese momento, llegó un grupo de escolares
para aprender acerca de las normas de seguridad
en caso de fuego.

Nero les enseñó lo que tenían que hacer si sus ropas cogían fuego.

Para apagar las llamas, te detienes,
te tiras al suelo, y das vueltas
hasta que se apague el fuego.

Clifford estaba seguro de que él podía hacerlo,
y se lo demostró a la clase.

Se detuvo.

Se tiró al suelo.

Y dio vueltas,

pero demasiadas.

Entonces, escuchamos el sonido de la sirena:
¡FUEGO!

Nero se quedó para cuidar a los niños.
Clifford y yo salimos corriendo para ayudar.

Clifford despejó la calle para que pudieran
salir los carros de bomberos.

Salía mucho humo del último piso
de un edificio alto. Clifford empujó
a la gente hacia un lugar seguro.

Vio a unas personas en peligro.

¡Clifford, al rescate!

La manguera era pesada y difícil de desenrollar.
Clifford les dio una mano.

Pero se dio cuenta de que la boca
de riego estaba atascada.

Por suerte, Clifford estaba allí para abrirla.

Había que sacar el humo del edificio.
Clifford abrió un hueco en el techo.

Los bomberos necesitaban más agua.

Clifford la encontró.

Ayudó a dispersar el humo.

Cuando apagaron el fuego, Clifford se aseguró
de que los bomberos estuvieran a salvo.

Estaban muy agradecidos por su ayuda.

Llevamos a algunos bomberos hasta la estación.

¡Clifford era un héroe! El capitán de los bomberos
lo nombró bombero de rescate honorario, como su hermano.

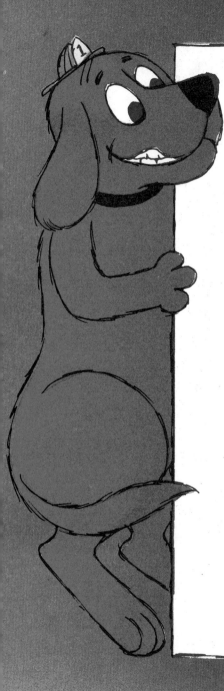

NORMAS DE SEGURIDAD EN CASO DE FUEGO

1. Anota en un papel el número de la estación de bomberos y pégalo en el teléfono.*

2. Asegúrate de que aprendas dos maneras diferentes de salir de la casa o del edificio donde vives en caso de fuego.

3. Selecciona un lugar cercano donde puedas reunirte con tu familia en caso de que tengan que salir rápidamente y se separen.

4. Nunca entres a la casa, por ninguna razón, si hay fuego.

5. Dile a tus padres que cambien la batería de la alarma de incendio todos los años, el día de tu cumpleaños.

6. NO juegues con fósforos.

7. Nunca prendas la hornilla sin que un adulto esté presente.

*Algunos teléfonos pueden ser programados con el número de la estación de bomberos. Pregúntale a tus padres si se puede hacer y cómo trabaja.